A nuestros padres

Otros libros de Marcus Pfister en español:
SALTARÍN
SALTARÍN Y LA PRIMAVERA
EL PEZ ARCO IRIS
¡EL PEZ ARCO IRIS AL RESCATE!
EL PEZ ARCO IRIS Y LA BALLENA AZUL
DESTELLO EL DINOSAURIO
LA ESTRELLA DE NAVIDAD
MILO Y LAS PIEDRAS MÁGICAS
EL PINGÜINO PEDRO
EL PINGÜINO PEDRO, APRENDIZ DE MARINERO
EL PINGÜINO PEDRO Y SUS NUEVOS AMIGOS
EL PINGÜINO PEDRO Y PAT
EL PINGÜINO PEDRO Y EL PEQUEÑO TIMOTEO
EL SOL Y LA LUNA

Copyright © 1993 by Nord-Süd Verlag AG, Gossau, Zürich, Switzerland
First published in Switzerland under the title *Hoppel und der Osterhase*
Translation copyright © 1999 by North-South Books Inc.

First Spanish-language edition published in the United States in 1999
by Ediciones Norte-Sur, an imprint of Nord-Süd Verlag AG, Gossau, Zürich, Switzerland.
Distributed in the United States by North-South Books Inc., New York.

Library of Congress Cataloging-in-Publication Data is available.

ISBN 0-7358-1066-4 (Spanish paperback)
1 3 5 7 9 PB 10 8 6 4 2
ISBN 0-7358-1065-6 (Spanish hardcover)
1 3 5 7 9 TB 10 8 6 4 2

Printed in Belgium

Si desea más información sobre este libro o sobre otras publicaciones de Ediciones Norte-Sur,
visite nuestra página en el World Wide Web: http://www.northsouth.com

Saltarín
y el conejo de Pascua

Kathrin Siegenthaler y Marcus Pfister
Ilustrado por Marcus Pfister

Traducido por Fernando Alcalde

Ediciones Norte-Sur / New York

Sentado en su madriguera, Saltarín pensaba.

—Mamá, ¿seré siempre una liebre? —preguntó.

—Claro que sí —respondió su mamá sonriendo—. Crecerás
y te harás grande y fuerte, pero siempre serás una liebre.

—A veces me gustaría ser otro animal —dijo Saltarín brincando
sobre la espalda de su madre—. Quisiera volar como los pájaros.

—Sería muy lindo, hijo mío —dijo su madre—, pero siento
decirte que nunca podrás hacerlo. Piensa en las cosas que podemos
hacer las liebres. Ningún otro animal puede saltar
ni dar volteretas tan bien como tú.

Saltarín fue junto a su madre hasta el borde de la colina. Allí, en lo alto, se sentaron a mirar el valle que los rodeaba.

—Mamá, ¿todas las liebres tienen que ser iguales? —preguntó Saltarín—. Ojalá que no. Yo no quiero ser como todos los demás.

—Saltarín, tú no eres igual a los demás. Una de tus orejitas termina en una hermosa punta de color azul. Cuando llegue el verano, tu blanco pelaje se volverá marrón, y te parecerás a las liebres que viven allá abajo, en el valle. ¿Sabes que el conejo de Pascua también es marrón?

—¿Quién es el conejo de Pascua?

—¡Oh! Es un conejo muy especial. Se cuentan historias maravillosas sobre él. Dicen que corre más rápido que el viento, y que cuando se esconde en un hueco o entre la maleza, ni siquiera el halcón, que tiene muy buena vista, lo puede descubrir. Por eso nadie lo ha visto nunca.

—¿Qué más sabes del conejo de Pascua, Mamá? —preguntó
Saltarín interesado.

—Que es muy valiente. No le tiene miedo ni al zorro ni al lobo.
En Pascua, recoge huevos de los gallineros y los lleva hasta su
casa sin que se le rompa ninguno. Después decora los huevos y los
esconde para que los niños los busquen. Pues bien, ya te he
contado todo lo que sé.

—¡Yo quiero ser un conejo de Pascua! —exclamó Saltarín,
alejándose a toda prisa.

Al poco rato Saltarín se detuvo.

—¿Cómo podré convertirme en un conejo de Pascua? —se preguntó—. A ver . . . Mamá dijo que debo ser valiente y no tenerle miedo al zorro.

Saltarín comenzó a recorrer el bosque en busca de un zorro, hasta que encontró uno. El zorro estaba durmiendo en el hueco de un tronco. Saltarín esperaba encontrar un zorro peligroso, pero éste dormía profundamente y parecía inofensivo.

"Si Mamá pudiera ver lo valiente que soy", pensó Saltarín.

De repente, con un salto, el zorro
se abalanzó sobre Saltarín.

El astuto zorro había sentido desde lejos
el olor de la pequeña liebre, y decidió
hacerse el dormido. Saltarín brincó justo
a tiempo, dio una ágil voltereta y escapó
lo más rápido que pudo.

Saltarín se metió entre las hierbas de un espeso matorral y, pegado al suelo, se quedó inmóvil. Le faltaba el aire y su corazón latía rápidamente. Saltarín, claramente, no podía correr más rápido que el viento, como el conejo de Pascua.

Pero Saltarín se había escondido muy bien. Cansado de buscarlo, el zorro se alejó trotando.

—¡Uff! . . . No es fácil ser un conejo de Pascua —dijo
Saltarín suspirando.

Muy despacito, Saltarín fue esquivando las altas hierbas del
matorral hasta que llegó a un claro del bosque. Con gran sorpresa
se encontró frente a frente con una liebre marrón.

—Hola —le dijo la liebre.

—Hola —respondió Saltarín con timidez—. ¿Eres el conejo
de Pascua?

—¿Quién es ése? Yo soy una liebre común y corriente.

—Qué lástima —dijo Saltarín, y le contó a la
liebre todo lo que sabía sobre el conejo de Pascua.
Para terminar, agregó decidido: —Yo también
quiero ser un conejo de Pascua.

—¡Qué buena idea! —dijo la liebre marrón—.
Vayamos al gallinero. No creo que sea muy difícil
cargar unos cuantos huevos.

En el gallinero, las pequeñas liebres dijeron que necesitaban algunos huevos porque querían hacer como el conejo de Pascua.

—¡Si quieren pueden llevarse algunos! —cacareó una gallina bonachona—. Tomen estos dos, uno para cada uno. Pero tengan cuidado, no los dejen caer.

—No se preocupe, tendremos mucho cuidado. Adiós, señora gallina, y muchas gracias.

—Llevemos los huevos a mi casa —dijo Saltarín—. Mi mamá nos enseñará a decorarlos.

Saltarín y la liebre marrón regresaron caminando con gran cuidado, pero subir la colina resultó más difícil de lo que habían pensado.

Cuando ya estaban por llegar, ocurrió una catástrofe.
Saltarín tropezó, la liebre marrón se lo llevó por delante y los huevos terminaron estrellados en el suelo.

Los dos amigos llegaron muy tristes a la casa. La mamá
de Saltarín trató de consolarlos. —No estén tristes —les dijo—.
Miren, alguien pasó por casa y nos dejó este regalo.

Saltarín y su amigo miraron encantados un hermoso huevo
blanco adornado con un brillante moño rojo.

—¿Lo trajo el conejo de Pascua? —preguntó Saltarín
entusiasmado.

—Sí —respondió su mamá—. Él pensó que a ustedes les
gustaría decorarlo. Ahora vayan a descansar, mañana temprano
les mostraré cómo pintarlo.

La liebre marrón se acurrucó junto a Saltarín, y los dos amigos durmieron profundamente, soñando con los hermosos dibujos que pintarían en este huevo de Pascua tan especial.